united #17

Dieses Buch wurde digital nach dem
neuen „book on demand"
Verfahren gedruckt.

Gedruckt in der Europäischen Union
auf umweltfreundlichem, chlor-
und säurefrei gebleichtem Papier.

Für den Inhalt und die Korrektur
zeichnen die Autoren verantwortlich.

© 2024 united p. c. Verlag

ISBN 978-3-7103-5649-0
Umschlagfoto: Markus Kefer | Dreamstime.com
Umschlaggestaltung, Layout & Satz:
united p. c. Verlag
Innenabbildungen:
Seite 10, 13, 14, 16: © Philine-Johanna Kempf
Seite 51, 52: © Verena Saloukeh Photography

www.united-pc.eu

Inhaltsverzeichnis

Das Lied vom Letzten Soldaten

das Ende
soll
Wende sein

die Pein
beklage nicht
dein Kreuz
trage es
zu Grabe

durch das Dunkel
deiner
Abwesenheit
geleitet mich
Trauer
ohne Trost

in diesem Krieg ohne Flucht
nie mehr verletzt für nichts
nie mehr verletzen für nichts
und nimmer berührt

ein sind unsere Stimmen ein Echo
von dem was benannt unbekannt

ich ginge irre
fehlte auch nur
ein Funke
vom gemeinsamen
Glück

es sind unsere Schritte ein Echo
von dem was verstand fremdes Land

wenn in diesem Land voller Geschrei alles
verschwindend immer noch ist verschwommen
alles in diesem Land verstummt

es ist die Liebe
welche diesem
Planeten
Leben schenkt
in Ewigkeit

es ist unser Leben ein Echo
von dem was wunderbar an Taten

nie mehr verletzen für nichts
nie mehr verletzt für nichts
und nimmer unnahbar
in diesem Krieg ohne Versteck

Universal Love

Taten werden
Wege weisen
wir alle
reisen

der Beginn
kündet
vom Sinn

Dieser Text ist ein Auszug aus dem Band 01 „Der Herzen Gesetz" des „humanytime" – Zyklus von Dolkil Egoni.

Philine-Johanna Kempf
Gedichte

DER MANN IM NEBEL

Er geht – er kommt,
es ihm behagt,
die ihm zum Wohle dienlich seien,
in der Hand ewige Flamme,
mal leuchtet, mal verbrennt,
lichterloh und augenblind
sein Herz irgendwo vergraben.
Nicht danach sucht, da vernarbt -
von Zeit zu Zeit sich labt,
Eine...

Eigenliebe in Glück verdreht,
Wirklichkeit nicht sieht, lebt,

verdreht schon im Bauch der Mutter
wissend er wird sein „Zweifach".

Das eine im Lichte steht,
das Andere in Dunkelheit gestülpt –
erfüllte sich sein Weg,
zwischen Lust, Rhythmus schlagend,
mit Worten und Fäusten sich zu wehren glaubt,
dem Dämon zu entledigen…
nicht sehend wer da steht – ihn anzunehmen,
Schlag ertragen, die der Worte und des Körpers.
Aufgehoben deren Leiber eben noch
in Zärtlichkeit versunken,
ineinander aufrecht – Zauberstab seinen Weg
durch Kammern einer
Höhle
lichterloh – aufgebäumt bis
in die Tiefe der Seelen sich zu vereinen.

Dauerte einen Augenblick – der Nebel schon im Anflug
verstellte alles –
Ausbruch erneut,
dieser zerstört Herzkammern,
ohne Achtung, ein zerrissenes Band schon lange.

So er nicht erkannte was ihm zugespielt –
sie jedoch verneigte sich –

Ihrer Liebeskraft bewusst, musste sich herausschälen,

ihr Herz zu bluten begann.
Geist sich wünschte Erkenntnis,
Finden erneut seines Verlustes zu erkennen...

es gäbe ihn nicht, er anfangen könnte
Liebe zu leben.
Das oblag nicht ihrer Macht,
das gab sie ab –
an eine höhere,
was der Mensch sich erbittet,
das Herz sich wünscht.
Bittere Tränen werden reinigen,
so er es wünschte, kein Fluch mehr,
kein Angriff.
Was sein wird, kann,
jeden Augenblick möglich, Sprache ändert,
Zugewandt – im neuen Gewandt,
neue Töne, sanft, Zärtlich sich erheben.

Epos
So Zeit verrauscht –
im Rausch ein Auf – ein Ab sich band.
Glaubte das Richtige zu tun,
sich denen anzuschließen,
eine Leiterstufe erstellte,
meinte als Pate zu dienen, übersah was er tat,
das Dunkle dem Dunkel folgend,
Musik mechanisch ohne Glanz,
technisch brillant, fand seine Seele nicht hinan,
sank in sich zusammen –

Schmerz als Opfer sich empfang
zog durch den ganzen Körper.
zog und zog die Leinen fest,
jede Faser seines Körpers fühlte ohne Erbarmen...
wand sich ...
durch seine Adern der Alkohol,
die Droge floss in kleinen Schüben,
hämmerte im Kopf – kaum mehr Luft
zum Atmen seine Lungen fühlten,
hier ein schwarzes Loch,
manchmal wachte das Licht auf, sah Verzweiflung,
legte sich ins Zeug „wach auf mein Liebster,
siehst du mich denn nicht?"
Ich bin es: deine Seele, deine Hand, dein Auge,
dein Mund, dein Flaum, dein Atem
deine bleibende Lebenskraft ...
lege hin diese dunkle Hülle und
schaue wer da für dich eingesprungen,
nicht verstehend warum sie denn das macht,
dem Narziss die Rose vor Augen hält,
Ja Schönheit, ihm die Blätter ausgezupft
am Boden liegend, er sich zu ihr gesellt.
Eine warme Hand auf seinem Rücken bebend,
verabschiedet sich die Zukunft –
auf der anderen Seite erkennt er was gefehlt,
am Ende vor ihm stand die Frau die ihn sah,
liebte ihn als das was er war.

KREUZUNG

Schon als kleines Mädchen
Mich zogen Geschichten der Liebenden Verwandelt,
großflächig in leuchtenden Farben ...
Die Geige in seinen Händen,
Er flog durch den gelben Raum des Sonnenlichts
Ihr zugeneigt entgegen,
Er, der rote Stier, eine Macht –
Potenz gefühlten Lebens ins sich barg,
ihr alles Ton an Ton gereicht

entgegen bringend
In Gleichzeitigkeit,

Sie als Sie im Sie der Duft eines Blumenstraußes
Das Leben zu teilen verstand,
im Wissen zu gebären –
Im Yin und Yang verschmolzen,
sei das Ganze derer Worte sie suchten
stammelten, immer schärfer, ein Gewürz ihres Verstandes,
Dessen Herz dabei Nichts verschluckte,

Es maß sich an der Größe aller Gefühle ...
Kreuzten sich ihre Wege – Quintessenz ein JA.

ZAUBERFRAU

Zaubern bedeutet genau „hin zu sehen"
HIN... ZU ... SEHEN
Zudem es aus einem Ei geschlüpft ...
Wir entschlüpft.
Nehme dich selber an die Hand,
berauschend du den Stab der Wandlung trägst.
Zaubert goldener Lichtregen
du
die Frau.

Biografie

- 1954 in Bremerhaven geboren
- 1959–1972 Oldenburg i.Oldb. 1972–1976 FHS-Hildesheim Abschluss als Dipl.Ing Metall Designerin
- 1976–1984 Wohnhaft in Hittfeld, Zweitstudium Uni Hamburg (u. a. Literatur/Soziologie.etc.) sowie der HBK-Hamburg,
- 1984–1989 Atelier/Wohnung in Maschen 1989 Verlegung nach Baden-Baden, Aufbau einer Galerie
- 1994–1997 Wohnung/Atelier in Chile ... in der Zeit Studienreisen: Argentinien, innerhalb Chiles vom Feuerland bis zur Atacamawüste: Arica, Peru, Bolivien, Costa Rica, Kolumbien, Brasilien, Kenia, China
- 1997–2015 Leben und Arbeiten in Karlsruhe 1999 Wohnhaft in Muggensturm mit Atelier/Galeriehaus FILMPRO (Gründung 2008)
- 2011 JUKE-ART in 13407 Berlin
- Oktober 2015 Umzug nach Mallorca/Felanitx mit JUKE-ART

- April 2022 Umzug innerhalb des Ortes ... Kunst findet sein Zuhause ... Heilung/Energiearbeit darf stattfinden.
- In all den Jahren war das Schreiben ein Teil meiner künstlerischen Laufbahn. Div.Veröffentlichungen vor allem die Unikatbücher
- Performance, Konzerte – Lesungen gehören dazu.

Gerhard Enn

Die Umwelt, die Politik, die Nachbarn. Ich.

(K)eine Satire

Es ist wieder Wochenende. Ein Wochenende, im Jahr 22, wie es sich, mit Freitag beginnend, alle 7 Tage wiederholt. Entweder ab Freitag-Mittag oder ab Freitag-Abend. Je nach festgelegter Arbeitszeit, oder persönlicher Arbeitsmoral. Die Tage des freien Wochenendes unterscheiden sich für die Mehrheit der abhängig beschäftigten Arbeitnehmer grundsätzlich, was die Struktur des Tagesablaufes betrifft, von den Arbeitstagen, wobei alle sonstigen Arten von Arbeitszeiten und Arbeitsverhältnissen, in denen Sonntagsarbeit, Nachschichten, Bereitschaftsdienste, 12 Stunden-Dienste, Sonderregelungen bei Witterungseinflüssen, Notdienste, usw., mal außen vor bleiben. Bei mir unterscheiden sich die Wochentagea gegenüber dem Wochenende nicht so stark, da meine Zeit der abhängigen Arbeit vorbei ist. Für die Meisten, also auch für meine mittelbaren und unmittelbaren Mitbürger, ist der Werktag sozusagen gedrittelt. Über jeweils 8 Stunden wird Geld verdient, die freie Zeit genutzt, und schließlich geschlafen. Am Samstag und Sonntag gilt es, die jeweils vorhandenen 16 Stunden freier Zeit sinnvoll zu nutzen. Dazu gehört allgemein, sich zu entspannen, die Ruhe genießen, einzukaufen, Staub zu wischen, Flur zu fegen, Müll runter zu tragen, spazieren zu gehen. Wohl auch mehr Fernsehen zu gucken und mehr zu lesen. Auch Zeitungen. Dort steht, es ist Krieg. Russland gegen Ukraine. Die Bilder in Zeitungen und im Fernsehen zeigen die äußerlich sichtbaren Zerstörungen. Soldaten verschanzen sich in Häusern, nicht in ihren Kasernen. Also werden die Häuser angegriffen, und dabei zerstört.

Grundlage des stolpernden und eigenartigen Vorgehens bei den Kriegshandlungen der Russen waren, nach Einschätzung des Verfassers dieser Kurzgeschichte, wieder mal die Geheimdienste. Dieses Mal die russischen. Bekannt sind solche Fehleinschätzungen aus verschiedenen Ländern der Erde. Die Geheimdienste leben und verbringen ihre Zeit nun mal, meistens, nicht direkt mit den in- und ausländischen Freunden, auch feindlich gesinnten, in gemeinsamen Wohnblöcken, Wohngemeinschaften, bei Kegel- und Bierabenden, zusammen. Aber, es gibt auch ein paar Leute, Journalisten, Politiker, Schriftsteller, die versuchen, Meinungen und Verhaltensweisen von Menschen, in unterschiedlichen Situationen und Ländern, persönlich kennenzulernen. Deren Einschätzungen sind oft, nach Ablauf einer notwendigen, von der Art der Geschehnisse abhängigen Karenzzeit, durchaus zutreffend. Diese Karenzzeit muss bei anderen, noch laufenden Prozessen, abgewartet werden, um danach entsprechende Beurteilungen abgeben zu können. Oft kommt dabei die Politik ins Spiel. Die innere und die von außen. Es gibt Vorgaben, an Hand selbstgestrickter Voraussagen von Geheimdiensten, wie man weiß. Im Irak haben sie weitreichende, schwere Raketen entdeckt, in Libyen und in der DDR den Willen des Volkes irgendwie falsch interpretiert, in Afghanistan den Willen zur Demokratie vorausgesagt, und in der Ukraine haben die russischen Geheimdienste einen feierlichen Empfang beim Durchmarsch der russischen Brüder prognostiziert. Oder verordnet. Tatsachen werden im Krieg erst mal in abschließbare Behältnisse gelegt. Die Siegel nach vielen Jahren geöffnet.

Schon zuvor hat sich ein anderes Ereignis großen Spielraum verschafft. Corona. Ein Virus mit unterschiedlichen Zusatzbezeichnungen. Covid 19 ist die Gebräuchlichste. Hauptakteure der Berichterstattung sind Masken, Impfpflicht, Impfverweigerung, Impfstoff, Quarantäne, Inzidenz, Hospitalisierung, und Professor Karl Lauterbach. Dazu Sommer und Winter als unterschiedlich zu bewertende Jahreszeiten. Vor allem hinsichtlich der Ansteckungsgefahr und der Ausbreitung. Die Pandemie ist wohl nicht politisch. Eher so privat. Mein Körper kann andere anstecken, wie ich will. Oder er. Die Freiheit der persönlichen Meinung geht über alles und jeden. Die Freiheit des persönlichen Wissens ist schwer auszuloten. Auf jeden Fall ist die Meinungsfreiheit vom persönlichen Wissen konsequent abzukoppeln. Oder auch nicht. Je nach dem. Es hat sich herausgestellt, dass bei Krankheiten das persönliche Wissen und die persönliche Freiheit zwei hohe Güter sind. Ich habe durchgesetzt, dass meine dritte Impfung nicht am selben Arm, wie die beiden anderen durchgeführt wurden, sondern, aus Gründen der Priorität beider Körperhälften, und meines ungebrochenen, freien Willens, am anderen Arm. Diese Konsequenz wünsche ich jedem.

Weiteren, großen Spielraum benötigen unter dem Stichsatz: „Mangel lässt sich nicht verwalten", seitens des Westens gegenüber der DDR seinerzeit in Gebrauch, haben nun auch hier substanzielle Themen wie Klima, Inflation, Energieversorgung, Preise, Aufrüstung, Miete, Heizkosten, Öl, Wohnraum, Gas, dazu fehlende Sachkenntnis und Kompromissbereitschaft, ihre Bedeutung, durch Mangel, erhöht. Dabei wird nicht die jeweilige, reale Sachlage für die ungewöhnlich starken Veränderungen analysiert, darauf eingegangen und nach Wegen gesucht? Nein! Journalisten und Politikern machen in ihren Berichten und Kommentaren generell Personen dafür verantwortlich. Andere natürlich. Damit haben vor allem Mitglieder der Opposition eine hervorragende Basis, ihre eigene Unfähigkeit, bei ehemals getragener Verantwortung, knallhart, widerlegbar zu machen, oder so. Ist ein Journalist Mitglied einer anderen Partei, oder hat eine vorübergehende, andere Meinung, als ein von ihm verhasstes Mitglied der Regierungspartei, wird er die Unfähigkeit seines Opfers dadurch beweisen, dass es, das Mitglied, keine Beziehungen zu etwas hat. Zum Beispiel zum realitätsverweigernden, dem Auge der Tatsachen ausweichenden, asymmetrischem Blickwinkel. Oder dass es, das Mitglied, eigenartige Beziehungen hat. Oder dass seine Beziehungen bröckeln. Das Ziel dabei ist, diese Person fertig zu machen, bis zur Abdankung. Eine Abdankung zu erreichen wäre ein anerkennenswerter Erfolg des politischen Arztes. Vergleichbar mit der erfolgreichen, sehr schwierigen, Operation eines richtigen Arztes, am Kopf eines sehr kranken Patienten, der dadurch, erfolgreich, überlebte. Da beißt sich was?!

Stehen nicht Personen im Mittelpunkt der Kritik, sondern technisch-wirtschaftliche Probleme, dann wird das fehlende Eingehen politisch Verantwortlicher auf die Forderungen völlig unsinniger Aktionen und Aktivitäten von radikalen Aktivisten angeprangert. Beschuldigt werden Vertreter der Macht. Beiden fehlen dabei oft innige Beziehungen zu Beaufort, TWh, Grundlast, Wirkungsgrad, Relevanz, Carnot und oft auch zu Volkswirtschaft. Man spart dadurch Zeit für unnötige Denkprozesse. Von Schillers berühmter Glocke und der darin geschilderten, mühseligen und aufwendigen, technologischen Arbeitsabfolge gab es in der DDR eine Kurzfassung. Auch von einem Aktivisten: „Loch inne Erde, Bronze rinn, bim, bim, bim."

Neben diesen, vorstehend genannten, die innere Ruhe störenden Ereignissen, gibt es nach wie die nicht global auftretenden Probleme und Vorkommnisse. Bedingt durch die, sich zwangsläufig ergebende, menschliche Nähe. Sowohl zwischen Einzelnen, wie auch ganzen Gruppen. Sie führen oft zu längeren und harten Auseinandersetzungen. Typisch hierfür sind Probleme in Betrieben innerhalb von Arbeitsgruppen, wenn es um Gehalt und Lohn geht. Oder zwischen Mietern in Mehrfamilienhäusern, bei dem es um Krach, Gerüche, Beleidigungen, und der, nicht feucht abgewischten Treppe, geht. Aber auch zwischen Gartennachbarn, wenn hier die Stachelbeere, durch ungebührliche Nähe zum Zaun, einige ihrer Blätter im nachbarlichen Grundstück fallen lässt. Damit bin ich jetzt bei mir, als Mieter in einem Mehrfamilienhaus, einem Hochhaus. Lebend in einer Großstadt im Norden der Republik. In Rostock. Einer durchaus lebenswerten, schönen Stadt. Bekannt nicht durch etwa überschüssigen Wohnraum. Obwohl es auch immer mal wieder Unbefugten gestattet ist, irgendwelche kleinkarierten Prognosen zu veröffentlichen, laut der eine Abnahme der Bevölkerung der Stadt bis ins Jahr so und so erwartet wird, und damit die Stadt zu viel Wohnraum, ab Jahr dann und dann, als kostenmäßige Bürde, am Hals hat. Das sind so Forschungsergebnisse, die besser unter Verschluss bleiben sollten. Wegen der Leichtgläubigkeit der Leute und mancher, die höher spielen. Niemand weiß, was schon der nächste Tag alles verändern kann. Statistiken sind gut für die Vergangenheit und für Vergleiche mit der Jetztzeit. Einzig die Wetterberichte stimmen oftmals, wenn es um morgen geht. Der Grund hierfür liegt aber nicht an einem vermuteten Einfluss der politischen Wetterlage auf die, in der Atmosphäre sich abspielenden Vorgänge. Voraussagen auf anderen Gebieten sind oft Wunschvorstellungen geschuldet, wie bei mir, der ich erhoffte, durch einen Umzug in eine völlig andere Atmosphäre, einem völlig anderen Klima, mein weiteres Leben genießen zu können.

Bei mir waren Ursache und Wirkung beim Zusammenleben mit Nachbarn daher auch nicht vorauszusehen. In meine jetzige Mietwohnung bin ich 2019 eingezogen, weil, es stimmt tatsächlich, mir andere Möglichkeiten, nach meiner rechtmäßigen Hilfe, auch für andere, leider verbaut wurden. Aber das ist eine weitere Geschichte. Ursache jedoch für einen Umzug war die unerträgliche Lärmbelastung, und die Belastung durch volatile Lösungsmittel, durch Nachbarn. Nun befasse ich mich mit dem umgekehrten Problem: wie kann erreicht werden, dass mir ein weiterer Umzug, trotz gleicher, äußerer Umstände, die mich zum Auszug veranlassten, verhindert werden.

Mit der von mir zu erwartenden Ruhe in der Wohnung meine ich nicht andauernde Stille. Den Straßenverkehr und das Geschnatter in der Gaststätte gefallen mir. Wenn Kinder weinen, berührt mich das. Es muss schon andere Ursachen haben, wenn man seine Wohnung wechselt. Ursache meines Wohnungswechsels war, wie erwähnt, die unerträgliche Lärmbelästigung durch handwerkliche Arbeiten aus einer, manchmal auch aus zwei Nachbarwohnungen. Verbunden, mehrfach, mit Ausdünstungen, die auf die Verwendung von Lösungsmittel, welche zur Konservierung, zur Oberflächenbehandlung von Holz und holzartigen Gegenständen eingesetzt werden. Wir, die unmittelbaren Nachbarn zu den Störenfrieden, beschwerten uns. Beim Verursacher. Ohne Erfolg. Danach beim Vermieter. Brachte auch nichts. Die drei Nachbarn, also auch ich, zogen aus. Ich nach hier, in diese, meine jetzige Wohnung. Meine Freude, jetzt endlich in Ruhe die Nacht und den Tag genießen zu können, dauerte, ich weiß es nicht mehr genau, zwischen 8 Stunden und 4 Wochen. Nach 4 Wochen wusste ich, es sind dieselben Leute, die in der alten Wohnung gewerkelt, und sich hier, schon vor mir, ein Bleiberecht erwirkt haben.

Die Reaktion auf meine Beschwerden, in der ehemaligen Wohnung, waren sichtbare Spuren an meinem Auto. Und die Rücknahme der Beschwerde eines Mieters, der sich ebenfalls beklagt hatte. Grund für dessen Zurückzieher war die, an ihm verübte, kriminelle Art des Nötigens. Diesem Mieter wird, arbeitslos, die Miete aus dem Staatshaushalt gezahlt, was zu starker Herabsenkung persönlichen Mutes führen kann, generell.

In meinen 3 Jahren hier, haben sich bereits drei verschiedene Besitzer des Hochhauses, den Schlüssel zum Safe in die Hand gedrückt. Die Geschäftsstrategie ist erlebbar und immer gleich: „Ich übernehme dieses Haus in dem Bewusstsein, dass mir meine moralischen Prinzipien, und mein Gerechtigkeitssinn, verbunden mit der Fürsorge für die hier wohnenden Menschen, einen nicht unerheblichen, finanziellen Verlust in den übernächsten Jahren bescheren kann. Natürlich bitte ich in diesem Zusammenhang um Ihr Verständnis."

Diese finanziellen Verluste allein sind natürlich nicht verantwortlich für den zahlenmäßig hohen Anteil Milliardäre, die mit Häusern und Wohnungen zu tun haben, die sie zumeist nicht selbst gebaut haben. Meine

Opferbereitschaft allerdings, betreffend der oft über 24 Stunden anhaltenden Belästigungen, hatte Grenzen. Psychische, und gesundheitlich allgemein.

Da die von Hand aufgezeichneten Protokolle über den eindringenden Lärm und die Belastungen durch Verwendung volatiler Lösungsmittel keine Erfolge beim Vermieter zeitigte, habe ich mir, als technisch gut Vorgebildeter, mich um unbestechliche, digitale Messgeräte bemüht, die meine Aussagen belegen. Zwar haben im Internet sich auch Privatdetektive als Dienstleiter angeboten. Als Aufzeichner, unbestechlich, in meiner Wohnung sich aufhaltend, Strichlisten führend. Stundenlohn um 120.–€. Etwa 5 Tage x 5 Stunden? Wäre unter den gegebenen Umständen ganz sicher zu wenig. An Tage und Stunden. Ohnehin außerdem erfolglos, sobald sich eine zweite Person in meiner Wohnung befindet, hört der Lärm auf. Es gibt empfindliche Micros. Es handelt sich bei meinen Nachbarn um Geschäftsfreunde mit langjährigen Erfahrungen auf dem Gebiet nichtgeahnter Beschuldigungen. Somit Einsatz digitaler, von mir gekaufter Technik. Das Messgerät zeichnet auf, speichert, bis zu 33000 Messungen im Stück, ist abrufbar über Tag, Zeit, dB, Maximal- und Minimal-Werten. Beweiskräftig vor allem bei Nachtmessungen im Wohnzimmer, wenn man entfernt, und durch Zwischenwände getrennt, im Schlafzimmer die Nacht verbringt, keine Eigengeräusche durch Toilette oder Wohnzimmerbesuch zwischendurch erzeugt. Noch besser, Messungen während der Abwesenheit des belästigten Mieters. Fenster und Türen dicht, Eigengeräusche durch den Mieter entfallen dadurch generell. Notwendig zur langfristigen, permanenten Speicherung und Auswertung der Daten: Ein Laptop, mein

Laptop. Unterschiede, ob Klopf-, Säge-, Bohr-, Schleif-, oder Stanzgeräusch, erkennbar. Bei Anwesenheit des belästigten Mieters, rustikales Gegenbumsen auf den Fußboden oder an die Wand, als Echo. Das stört zwar unbeteiligte Nachbarn in ihrer Ruhe, führt aber zu Beschwerden über mich, die andererseits zu den Urhebern, die Ausgangspunkt für die unangenehmen Echos sind, führt. Meine unbeteiligten, schuldlosen Nachbarn können somit, durch Beschwerde gegen mich, für 2/3 aller Beteiligten für Ruhe sorgen, was immerhin der Mehrheit entspricht. Deshalb halte ich das auch so. Außerdem bietet diese Gegenreaktion dem Lärmempfänger die Chance nicht durchzudrehen. Glaubst du nicht? Doch, lass probehalber mal über eine Wand, über Fußboden, oder Decke über dir, in Abständen von 10sek, 1min, 40sek. 2min, 30sek, 4min, 20sek. 5min. 50sek, 10min, 2min, usw. vorgenannte Geräusche auf dich, in deinem Wohnzimmer befindend, eindringen. Mal mit 40, mal mit 50, mal mit 35 dB. Wie lange dauert es, bis du durchdrehst? Führe andererseits selbst mal Arbeiten durch, die derartige Abfolgen von Geräuschen erfordern, du wirst bemerken, dass dich das keinesfalls stört. Du produzierst ja, irgendwas, für dich oder irgendwem, zum Wohle.

Das erhöht sogar das persönliche Wohlgefühl. Über 1000 Aufzeichnungen liegen in meinem Computer vor, über 300 habe ich ausgedruckt, einige den Vermietern übermittelt. Reaktion=0. Mindestens genauso belastend sind die Gase der volatilen Lösungsmittel, die aus den Räumen, in denen die vorbehandelten Halbzeuge oder Fertigteile zum Trocknen abgelegt sind, in meine Wohnung eindringen. Nachweise über Belastungen können über Laboruntersuchungen, nach Blutentnahme durch einen Arzt für Umweltmedizin, hinsichtlich der PCB-Belastung, geführt werden. Oder über einen BIO-Check-Lösemittel, bei dem ein Filter über einen gewissen Zeitraum ausgelegt und danach durch ein Labor analysiert wird. Aufwand und Kosten entsprechen, vergleichbar, dem Versuch, die Anwendung von Marihuana, aus medizinischen Gründen, zu erreichen. Dabei sind eigene Nachweise, Bereitwilligkeit des Arztes, ohne Vergütung, Formblätter auszufüllen, Anträge bei Krankenkasse und Ortsverwaltung, beim Gutachter usw., nötig. Also lassen wir es. Besser: ich habe mir ein digitales Messgerät zugelegt, mit dem, über Sensoren, die im Raum herrschende Luftverschmutzung, und der Gehalt an volatilen Lösungsmitteln im Raum, überschläglich, gemessen und erfasst werden. Beide Messwerte schreiten, bei Wahrnehmung deutlicher Symptome, zumeist, die zulässigen Höchstwerte. Natürlich behalte ich die gewonnenen Erkenntnisse nicht für mich. Das Interesse an einer notwendigen Veränderung bleibt allerdings, ohne Aussicht auf Erfolg, zunächst bei mir. Bis das Interesse auch bei anderen Institutionen erweckt wird, erwarte ich zunächst Reaktionen auf meine letzten, eindeutigen Beschwerden.

Wie kann man den Belästigungen entgehen? Raus aus dem Haus und aus der Wohnung, rein in ein Kaffee. Es ist Samstag, es ist Juli, im Jahr 22. Uhrzeit 14 Uhr 14. Messgerät eingeschaltet, alle Fenster dicht, Türen geschlossen. Haus verlassen. Platz im Kaffee frei. Am linken Tisch neben meinem, ein junges Paar. Freundin mit hübschen Beinen. Zeigt sie bewusst. Daher kurzer Blick. Auf der Wade ein Herz und BERNI, in groß. Ihren Freund spricht sie mit Harald an. Streicheln und Beine, dazu so hübsche, gehören zusammen. Ich wundere mich, warum manche Menschen eigene

Schönheit bestrafen. Was denkt Harald, wenn er Berni streichelt? Übrige Zeit lese ich meine Zeitung. Das Paar beschäftigt sich zwischendurch mit ihren Handys. Der Kaffee schmeckt. Der Kuchen auch. Zufrieden mache ich mich auf den Weg in meine Wohnung. Es ist 16 Uhr 50. Messgerät schalte ich aus. Rufe über Laptop die Aufzeichnung als Grafik ab, und drucke diese aus. Die ausgewiesenen dB-Senkrechten weisen auf Schläge und Bohrgeräusche der Produzierenden hin. Spitzen am Beginn und am Ende der Grafik, wurden von mir, durch schließen bzw. öffnen der Wohnungstür verursacht. Grafik bleibt auf PC gespeichert. Es ist jetzt 18 Uhr 20. In den vergangenen Stunden, nach der Heimkehr, gab es von mir ein paar Echos. Die Aktivität der Nachbarn ist während meiner Abwesenheit stärker als bei meiner Anwesenheit. Mir ist das Recht. Über die Aktivitäten während meiner Abwesenheit werde ich mich keinesfalls beschweren. Es hört sich vielleicht unsolidarisch oder wenig moralisch an, die eigene Befindlichkeit in den Vordergrund zu stellen. Aber ich habe gelernt. Wie weit kann man gehen, wenn man sich für andere einsetzt und dabei das eigene Wohlbefinden unbeachtet lässt?

Gesundheitsamt und Ordnungsamt habe ich noch auf dem Schirm. Mein Hausarzt ist informiert. Werden die Einflüsse für mich erträglich, bleiben weitere Aktivitäten aus. Der Spaß am und im Kaffee werden bei mir zunehmen, und vielleicht traue ich mich, vor dem Besuch einer Gaststätte, eine Bitte um Begleitung auszusprechen. Mein Personengedächtnis funktioniert. Ich werde sie einladen. Zunächst ins Kaffee. Ohne Handy. Meiner Meinung nach ist auf ihrer Wade die Schönheit der Haut noch ohne Verzierung. Das soll auch so bleiben. So

oder so. Vielleicht kann ich versprechen, dass eine Fortsetzung der Gespräche, in meiner Wohnung, ohne äuße-
re Beschallung abläuft?

In den letzten Wochen sind die Belastungen, tatsächlich, während meiner Anwesenheiten, etwas erträglicher
geworden. Abwarten! Muss Vorfreude immer die größ-
te Freude sein?

Gedichte

Kopfsprung in die Tiefe

Ein Glitzern liegt auf dem See.
Tanzende Funken aus Sonnenlicht geboren.
Dann breitet sich die Stille aus über dem See.
Das innere Ohr beginnt zu hören,
das innere Auge zu sehen-

Sprung in die Tiefe.
Sprung ins Wasser deiner Seele.

Zunächst noch kopfüber und kraftvoll.
Dann sanftes Gleiten, einer Feder im Frühlingswind
gleich.

„Dein Grund ist mein Grund und
mein Grund ist dein Grund"
(Stimme der Mystiker)

Eine andere Wirklichkeit öffnet sich mir, eine
Wirklichkeit, die dort ist, wo die Stille sich ausbreitet.
Die Stille des Urbeginns.
Die Stille, die atmet.
Die Stille, die sich ausbreitet und daliegt,
wie ein christallklarer Bergsee.

Bilder deiner Seele, tief geboren im Wesenskern.
Dort unten lebt sie.

OASE.

Ein wunderbarer See liegt vor dir, von einer Höhle
umgeben. Glasklares Wasser, aus unendlicher Liebe
geboren.
Eintauchen – tauchen im Wasser des Lebens.
Und schwimmen, unschuldig wie ein neugeborenes
Kind.
Die Quelle entdecken und mit ihr aufsteigen.

Ich möchte ihn wagen, immer wieder und mindestens
Einmal täglich,
den Sprung in die Tiefe,
den Sprung zu mir selbst.
Gerade auch jetzt!

Bärenwunder

Blaue Augen strahlen mich an.
Ein Bär in deinen Armen, der mir zuwinkt und sich mit
uns freut, das wir uns haben.
Ein Lachen, dass das ganze Gesicht überstrahlt.
Wie gern ich dich anschaue.
Liebevoll flüsterst du mir ins Ohr, wie sehr du mich liebst.
Geht runter wie Öl.
Und mein Herz hüpft, meine Seele lacht.
Wir sind nun schon ein ganzes Stück zusammen gewachsen.
Der Bär auf deinem Schoß lacht auch dich an und flüstert
dir ins Ohr, wie sehr ich dich liebe mit bäriger Stimme.
Dann –sich küssen, ineinander verschmelzen.
Und ein Bär freut sich mit an dieser Liebe und klatscht
in die Hände und hüpft und wackelt mit den Ohren.

Biografie

Alexandra Scheifers, geboren am 28.10.1067 im Kreis Paderborn, Studium der Dipl. Relpäd., Dipl. Sozarb. Tanzpädagogin, Seelsorgerin
Autorin der beiden Bücher: Poesie meines Lebens, Wenn Sein Wort Deine Seele berührt
Mitautorin im Buch „Von Phantasiereise bis Körperarbeit" (Rüdiger Maschwitz)

DIE REDELSHEIMER

III. Kapitel
FRAU ROSCHE ERZÄHLT

Frau Rosche, die älteste Bewohnerin Sacrows, hatte einem Treffen zugestimmt, am Telefon hörte sich ihre Stimme müde und erschöpft an. Ich ging um das Restaurant herum, kam auf der Gebäuderückseite an ihre Haustür und klingelte. Aufgeregt gackerten dazu Hühner in einem Gehege hinter mir. Außer dem Foto trug ich noch einen Blumenstrauß, ein kleines Aufnahmegerät und ein Kuchenpaket in den Händen. Hinter der Haustür führte eine Treppe steil in die Höhe, so steil und die Stufen so schmal, dass ich auf Händen und Füßen würde nach oben krabbeln müssen. Ich bewältigte den Aufstieg also auf allen Vieren, wobei ich die Mitbringsel auf die jeweils höher liegende Stufe stellte. Am Ende der Treppe stand Frau Rosche und lachte. „So krabbele ich auch immer." Ich schätzte sie auf Ende 80 oder auch Anfang 90. Schlohweiße Haare, beigefarbener Rock und Strickjacke. An den Füßen karierte Hausschuhe. Sie war klein und passte gut in diese winzige Wohnung. Ich selbst konnte nur unter dem Dachfirst aufrecht stehen. Deshalb blieb ich auch im Korridor stehen und sah ihr von dort aus zu, wie sie den Kaffee kochte.

Das Wohnzimmer war dann überraschend geräumig, mit einem regulär großen Fenster in der Giebelwand. Der Blick ging über die Gärtnerei hinweg zu der Villa Goldstaub in der Kladower Straße.

Wir machten es uns auf dem Sofa mit Kaffee und Kuchen gemütlich und ich zeigte ihr das Foto der unbekannten Schönen. Sie war sich nicht sicher, meinte aber, es könne Frau Redelsheimer sein. Oder doch ihre Tochter? Wie hieß die noch mal? Eigentlich kannte sie damals nur Lili, die Redelsheimer Enkelin, gut.

In einzelnen kleinen Bildersequenzen blitzten die Geschichten in ihrem Gedächtnis auf und ich durfte mein Aufnahmegerät anstellen.

Wir blätterten in ihrem Fotoalbum, und nun konnte auch ich mir von Lili ein Bild machen. Schwarzer Wuschelkopf, Lippen, zur Schnute geschürzt. Beim Umblättern gab es eine Überraschung, als Frau Rosche auf mehrere Kinder zeigte, die vor dem ehemaligen Sacrower Schulhaus standen.

„Das sind die Kinder der Familie S., ihnen gehörte dieses Haus vor dem Krieg. Der Junge ist Psychiater geworden, in der Schweiz." Du meine Güte, da stand dieser kleine Junge, der mir Jahrzehnte später als Erwachsener in Genf begegnet war und dessen kleiner Sohn zu mir sagte „Du bist mein Sklave. Du musst alles tun, was ich sage!"

Ich erzählte Frau Rosche, dass ich bei der Familie S. ein paar unglückliche Monate als deren Dienstmädchen verbracht hatte und bat sie, diese Geschichte für sich zu behalten.

Das Fotoalbum durfte ich mir ausleihen, um Abzüge von den Aufnahmen zu machen und trug diesen Schatz behutsam nach Hause. Mit der Tonbandaufnahme erklang Frau Rosches Stimme und ließ sie wieder die kleine Irmi werden, die sie vor langen Jahrzehnten war:

„Frühmorgens kam Lili immer angerast. War die Dritte im Bunde für meine Schwester Gerda und mich. Hatte dicke, dunkle Locken und immer niedliche Kleidchen an. Keine Kittelschürzen darüber wie wir beide. Die Kittelschürzen schonten unsere Kleider, warum Lili nie welche trug, weiß ich heute nicht mehr. Sie sah so verwuschelt aus, als wenn sie direkt aus dem Bett käme, was sie ja wohl auch tat, um 7.00 Uhr früh. Ich konnte sie schon vom Wohnzimmerfenster aus sehen, wenn sie auf ihrem Dreirad in den Weinmeisterweg einbog. Der war damals noch nicht asphaltiert, lag Schotter drauf, man konnte leicht stolpern und sich die Knie aufschürfen. Ich bin dann schnell unsere Stiege runter, steil wie eine Hühnerleiter!

Dann war Lili schon angekommen. Direkt gegenüber von Vaters Laden war die Zufahrt zu ihrem Bootshaus am Schiffgraben. Der Weg war mit Spalierobst bepflanzt, Birnen waren es. Da sind wir dann lang, zu ihrem Bootshaus. Unten hatten die Bernsteins, Lilis Eltern, einen Kahn und einen Punt, und oben drüber war eine Wohnung mit einer Küche und zwei kleinen Zimmern. Mit dem Punt durften wir den Schiffgraben langstaken, aber nicht auf den Sacrower See hinaus und schon gar nicht in die Sacrower Lanke, die in die Havel überging.

Ihre Eltern wohnten im Bootshaus den Sommer über, wenn sie nicht in Berlin waren. Im Winter aber manchmal im Garagenhaus, da gab es auch Öfen.

Aber Lili wohnte meist bei ihren Großeltern, den Redelsheimern, in der Spandauer Straße, was ja heute die Kladower Straße ist. Sie hatte ein kleines, eigenes Zimmer im Obergeschoss zum Wasser raus, ich hab sie auch manchmal besucht. Frau Redelsheimer mochte ich sehr, sie war klein und schlank und hatte immer elegante, lange Kleider an. Meine Mutter trug damals schon kurze Röcke und fand, die Frau Redelsheimer sei von gestern, wegen der langen Kleider.

Also wenn wir am Bootshaus waren, setzten wir uns auf den Steg, ließen die Füße ins Wasser baumeln und aßen Birnen. Zum Schwimmen war es uns zu modrig im Schiffgraben, da sind wir lieber zum Sacrower See gegangen, der hatte ganz klares Wasser. Wir haben auch Schubkarrenfahren gespielt, eine wurde gefahren und die andere schob. Schauen Sie hier, auf den Fotos, da sind wir drei: Gerda und ich und Lili sitzt in der Schubkarre. Sie schmollt, weiß der Kuckuck, warum. Es ist Sommer, und es wehen Fähnchen am Karren. Hat man früher so gemacht. Fähnchen zeigten, dass jemand Geburtstag hat. Wird wohl Lilis gewesen sein, ich glaube, der war Ende Juni.

Ich hab den Redelsheimern Lebensmittel aus dem Laden gebracht und meine Mutter wiederholte ständig, ich solle aufpassen, dass sie mich nicht übers Ohr hauen, beim Bezahlen, sie waren ja Juden, aber das passierte nie. Ich bekam auch immer ein kleines Trinkgeld.

Meist habe ich das Haus über die Terrassentreppe betreten und hab sie manchmal beim Bridgespielen im Esszimmer gesehen. Meine Eltern hatten für so etwas keine Zeit, sie standen ja den ganzen Tag im Laden. Die Küche war im Souterrain, und Frau Redelsheimer und ich packten dann die Kiste mit den Lebensmitteln in den Speisenaufzug. Einmal sprang Lili da raus, als wir die Tür aufzogen. Ich sag Ihnen, da haben wir aufgeschrien. Sie war so ein kleiner Kobold!

In der Küche arbeitete Anny, die war hier aus Sacrow, wohnte zwei Häuser weiter. Sie hat im Sommer für die Redelsheimer gearbeitet, im Winter ging sie nur mal Lüften oder den Kamin anmachen, damit das Haus nicht schimmelig wurde. Manchmal allerdings waren die Redelsheimer auch zu Weihnachten im Haus, dann hatte Anny gut zu tun. Andere Familien hier im Ort hatten viel mehr Personal, Köche, Stubenmädchen, Butler, Gärtner.

Das mit dem Bringen der Lebensmittel musste ich dann einstellen, irgendwann in den dreißiger Jahren. Ich erinnere mich nur noch, dass mein Vater sein Schild „Juden unerwünscht" an die Ladentür hängte und mir untersagte, die Redelsheimer zu beliefern. Sie hatten dann auch keine Lebensmittelkarten mehr. Lili war zu diesem Zeitpunkt schon lange ausgewandert, ich glaube nach London, oder doch Paris? Aber ich habe mich nicht an Vaters Verbot gehalten und hab den alten Redelsheimern abends, wenn es dunkel war, Lebensmittel ins Garagenhaus gebracht.

Sie hatten ja ihr schönes Haus an der Sacrower Lanke verkaufen müssen, für einen Appel und ein Ei, wie man sich erzählte, und waren ins Garagenhaus gezogen. In den vierziger Jahren hat die Gestapo sie dort abgeholt, ich selbst hab das nicht gesehen, aber meine Freundin Margarethe. Sie sagte, die Frau Redelsheimer hätte ihr freundlich zugewunken und sie hätte zurückgewunken. Margarethes Vater hat dann Ärger bekommen, er solle gefälligst darauf achten, mit wem seine Tochter Umgang habe.

Ich hab sie nie wieder gesehen. Keinen von ihnen, auch Lili nicht. Sie hat wohl nach dem Krieg noch ein paar mal dem Gärtner der Frau Dr. Grete Rink geschrieben und sich nach den Bewohnern Sacrows erkundigt, ob sie alles gut überstanden hätten. Aber das war das letzte Lebenszeichen."

XIII. Kapitel
LILIS ABSCHIED

Der Sturm drängte von der Fahrrinne her in die Bucht: Ein unaufhörliches Rauschen und Wirbeln von Wind und Wasser.

Tagelang dieses Geräusch, nur unterbrochen vom Knacken der trockenen Äste und Zweige der am Ufer stehenden Bäume, dem Klirren der Takelage eines letzten Bootes, bevor es absolut still wurde. Die Wellen waren mitten in der aufgeschäumten Krone zu Eis gefroren. In der Nacht, als die Temperaturen weiter fielen, stöhnte die dünne Eisdecke und dehnte sich, bis sie den Schilfgürtel am Uferrand erreicht hatte und sich dort zur Ruhe legte.

Als Lili das Eis betrat, wurde ihr roter Anorak zu dem einzigen Farbtupfer in der weißen Winterlandschaft. Sie setzte ihre Füße prüfend auf die Eisfläche und am Ende des Bootssteges schwang sie sich auf die Planken.

In ihrer Erinnerung war es hier auf ihrem angestammten Platz Sommer: Für den Kopfsprung ins Wasser und das Krebsefangen. Eine Büchse hinter den Flusskrebs halten, mit einem Stöckchen an den Scheren kitzeln und der Krebs raste rückwärts in die Dose. Weißt du noch? flüsterte sie in die Bucht. Einmal hatte Irmi sie vor dem Ertrinken gerettet. Sie war auf den nassen Planken ausgerutscht, ins

Wasser gefallen und stand dann auf dem Grund. Schaute hoch, war ganz ohne Furcht, wie in ihren Träumen, in denen sie unter Wasser atmen konnte. Bis zwei Arme sie hochrissen und aus dem Wasser zogen. Damals konnte sie noch nicht schwimmen.

Sie rutschte vom Steg herunter und stellte sich wieder auf die Eisfläche. Es knackte, und ein hoher, peitschender Ton raste durch das Eis bis weit hinaus zur Schifffahrtsrinne, wo der breite Fluss noch befahrbar war. In der Dämmerung konnte sie die Silhouette eines Lastkahnes dahingleiten sehen, ein leises Tuckern drang zu ihr und ebbte ab. Dann war sie wieder allein. Niemand störte sie in ihren Erinnerungen.

Als sie schwimmen gelernt hatte, ließ sie sich weit hinaus in die Bucht treiben, dorthin, wo die Segelboote vor Anker lagen, dickbäuchig, mit schwappenden, kleinen Wellen am Bootsleib. Zog sich an den Ankerketten hinunter in das tiefe Grün-Braun des Wassers. Das Sonnenlicht hoch über sich, ließ sie sich mit offenen Augen langsam wieder nach oben treiben, leicht, geborgen und ohne Sorgen.

Jetzt aber war ihr schwer ums Herz. Wir werden fortgehen, das Land verlassen. Ob ich je wiederkomme? Vielleicht ja, aber Paris ist weit weg. Je m'appelle Lili et je viens de Berlin. Das Eis stöhnte unter ihren Füßen. In der Dunkelheit war nun auch der Anorak nicht mehr zu erkennen.

Auszug aus „DIE REDELSHEIMER". Roman im Selbstverlag der Autorin.

Biografie

Eva Tanner, geboren 1944 in Nauen bei Berlin. Studium an der Deutschen Film- und Fernsehakademie Berlin, Lehrbefähigung für Englisch als Fremdsprache (IH + RSA in London), gerichtlich beeidigte Dolmetscherin und staatlich geprüfte Übersetzerin für Englisch.

Veröffentlichungen: Kurzgeschichten: „Das Jahr" (1980) „Die weiße Katze" (2007) „Frau W." (2007) „So ein Mensch" (2010) „Das blaue Zimmer" in der Anthologie „Verliebt bis in den Tod", Teil 2 (2011). Eigene Programmbeiträge bei der BBC in London. WDR: Texterin, Sprecherin. Mehrere Allegorien und ein Roman warten auf einen Verleger. Mitglied in Literaturworkshops und Schreibblogs im Netz (2008–2010), Teilnahme an Seminar bei der Textmanufaktur Leipzig (2010).

Spiegelung im Universum

Stille erfüllt diese unendlich zu erscheinende Galaxie. Hier gibt es nichts. Nur Stille und Dunkelheit. Ein Meer aus Ruhe und Ordnung. Alles ist gut, wie es ist, wie es eben nur sein kann. Hier, in dieser Galaxie herrscht das strenge Gesetz der Ordnung. Nichts ist geplant sich zu verändern, bis zu jenem Tag, an dem es sich zu verändern beginnt …

Und das ist die Geschichte von Luna, die es schafft, dieser Ordnung zu trotzen, indem sie erschaffen werden will und sich in diese, sich nie zu verändernde erscheinende Ordnung, hineinwünscht.

Finsternis umgibt sie. Mit ihren Händen versucht sie in der Dunkelheit die Umgebung zu erkunden. Mit ihren angewinkelten Beinen sitzt sie auf etwas leicht Nassem, Glitschigem. Etwas, das sie nicht sehen, nur fühlen kann. Es scheint zerbrechlich, gleichzeitig aber stark und fest genug zu sein, um ihr Sicherheit zu geben, Schutz zu gewähren. Luna fühlt dem Unbekannten entgegen. Ihr nackter Körper fühlt sich wohlig warm an. Ihre langen Haare, die an ihr lose herabfallen, kitzeln bei jeder noch so kleinsten Bewegung ihren Körper ein wenig. „Hallo?", flüstert sie ängstlich fragend in diese Stille. Es ist keine bedrohliche Stille, dennoch empfindet Luna allein und einsam von ihr umgeben zu sein. Nur dieses glitschige Etwas, das sie umgibt, scheint zu ihr zu gehören, sie nicht allein zu lassen. „Hallloooo…?", wagt sie ein wenig nachdrücklicher. Doch wieder erreicht sie keine Antwort.

Ihre schlanken Arme umfassen ihre angewinkelten Beine und ziehen sie ganz nah zu sich heran. Traurigkeit erfüllt sie. Wo ist sie hier nur gelandet? Eine kleine Träne entsteht und bahnt sich ihren Weg von Lunas geschlossenen Augen über ihre linke Wange, kullert weiter bis zum unteren Ende ihres Gesichtes, um dort einen kurzen Augenblick innezuhalten, bevor sie sich von Luna trennt und abfällt. Es scheint ewig zu dauern, bis diese kleine Träne an ihrem Ziel angekommen ist. Hier, in dieser Ordnung, existiert Zeit und Raum anders. Es bedarf keiner Eile. Alles ist gut, wie es eben ist. Doch wenn man diese Ordnung verändert, dieser Zeit und diesem Raum trotzt, schafft, sich dem zu widersetzen, so kann etwas Wunderbares entstehen, wie auch jetzt, als diese kleine, unbedeutend erscheinende Träne am Boden dieses glitschigen Etwas landet. Die schönsten Farben erfüllen diese Hülle, in der Luna gefangen zu sein scheint. Doch Luna nimmt nichts von alldem wahr. Zu groß ist ihre Traurigkeit, ihre Einsamkeit. Ihre geschlossenen Augen verwehren ihr die Situation klar als das erkennen zu können, was sie ist.

Luna öffnet ihre Augen. Ihre beiden Wangen sind von eingetrockneten, salzigen Rinnsalen übersät, entstanden durch die zahlreichen Tränen, die sie in ihrer Hoffnungslosigkeit vergossen hat. Die Spur dieser Tränen ziert ihre beiden Wangen, wie kleine ausgetrocknete Bachbetten. Hier, in dieser nie zu enden wollenden Dunkelheit, erwartet sie nichts, außer das Gefühl der Einsamkeit, so scheint es. Ihre Gedanken verfinstern sich, Hoffnungslosigkeit breitet sich tief in ihr aus. Sie entspringt in ihrem Kopf um sich dann, nach und nach, auf ihren Körper zu übertragen, um ihn in seiner Gesamtheit auszufüllen.

Lunas Hände fallen schlapp an ihr herunter. Ihre Beine werden auf einmal unerträglich schwer. Etwas in ihr versucht Kontakt mit ihr aufzunehmen, ihre Aufmerksamkeit zu bekommen, doch Luna achtet nicht darauf. Zu verlockend ist es sich dieser Hoffnungslosigkeit hinzugeben, als in dieser Stille, dieser Dunkelheit, einen Ausweg zu finden. Langsam übernimmt ihr Körper die Führung. Der Mantel der Müdigkeit umhüllt nach und nach Luna. Sie schläft ein. Ein wirrer Traum entsteht in ihrem Kopf. Bunte Farben entstehen vor ihrem geistigen Auge. Luna versucht sich zu entscheiden welche Farbe ihr am besten gefällt, doch diese fließenden Übergänge machen eine Entscheidung nicht möglich. Alles hier ist atemberaubend schön und lässt Luna in das bunte Meer voller Farben eintauchen. Es scheint, als könnte sie mit ihren Fingerspitzen über diese schillernden Farben gleiten, fühlen, welche Schönheit sie verkörpern. Eine wohlige Wärme breitet sich in ihr aus, ein tiefes Gefühl der Dankbarkeit. All diese leuchtenden Farben umgeben sie. Hier, in diesem Traum, gibt es keinen Anfang und kein Ende. Auf einmal rammt etwas ihre Hülle und lässt Luna unsanft aus ihrem Traum aufschrecken, wieder eingeschlossen in einem Meer aus Finsternis.

„Nein!", schreit sie entsetzt und springt auf, um mit ihren Händen wild auf diese glitschige Hülle, dieses feuchte Etwas, einzuschlagen. „Nein, bitte nicht aufhören!" Panik überströmt sie und als sie erkennt, dass all der Widerstand nichts bringt, sie in dieser entsetzlich auszuhaltenden Finsternis gefangen scheint, kauert sie sich wieder auf den Boden ihrer Realität, um in Tränen auszubrechen. Ihre Augen geschlossen, um sich dieser Finsternis nicht stellen zu müssen, weint sie vor sich hin, eng ihren Körper dabei umschlungen. Ihre Tränen helfen ihr mit dieser Situation zurechtzukommen, ihr wenigstens das Gefühl zu geben irgendetwas tun zu können, nicht komplett machtlos zu sein. „Wo bin ich hier bloß gelandet? Weshalb muss ich so furchtbar leiden? Wie komm ich hier wieder raus?", schluchzt sie in diese Finsternis hinein. Doch keine Antwort auf all ihre Fragen findet den Weg zu ihr. Langsam, ganz langsam beginnt sie sich zu beruhigen. Luna atmet schweren Herzens ein paar Mal ein und aus bis sich in ihr das Gefühl der Ruhe auszubreiten beginnt. Sie versucht diese Situation anzunehmen, wie sie ist und findet sich nun endgültig damit ab hier festzusitzen, ausgeliefert zu sein, vermutlich bis ans Ende ihrer Tage. Ein trauriger Gedanke. Zaghaft öffnet sie die Augen. Nichts hat sich verändert. Nichts. So scheint es zumindest. Doch als eine letzte Träne von ihrem Gesicht abfällt und auf dem Boden dieser feuchten Hülle landet, erscheinen in diesem kurzen Augenblick die schönsten Farben rund um Luna, bevor sie verblassen und der Dunkelheit wieder ihren gebührenden Platz geben.

Verdutzt streckt sie ihre Hand aus um diese Hülle, die sie gänzlich umgibt, ertasten zu können. Ganz vorsichtig und zaghaft lässt sie ihre Fingerspitzen über sie gleiten, wo zuvor diese wunderschönen schillernden Farben sichtbar wurden. „Was war das? Wie wurde das möglich?", fragt sie sich selbst, schließlich ist sie hier allein und niemand dazu in der Lage ihr die ersehnten Antworten zu geben, nach denen sie so verzweifelt sucht. Ganz stark versucht sie sich an diese wunderschön leuchtenden Farben erinnern zu können. Gelb, rot, lila und alle anderen, aber nichts passiert. „Habe ich mir diese Farben nur eingebildet?", fragt sie sich insgeheim. Luna bemerkt, wie ihr Bauch anfängt sich zusammen zu ziehen, auf keine angenehme Art und Weise. „Wenn ich doch nur etwas tun könnte", sagt sie seufzend und ein Gurren wird hörbar. Es hat den Anschein als würde ihr Bauch mit aller Macht versuchen mit ihr in Kontakt treten zu wollen. Luna lauscht in diese Stille hinein, suchend, wartend, als wäre die Antwort greifbar, die noch im Verborgenen liegt. Ihre Gedanken wandern zurück zu diesen Farben. Luna schließt ihre Augen und lässt all diese schimmernden Farben zurückkehren, sie vor ihrem inneren Auge sichtbar werden, um darin gänzlich gedanklich zu versinken. Sie stellt sich vor, wie sie ganz davon eingenommen und von ihnen umgeben ist. Wie es sich wohl anfühlen würde nicht mehr in der Dunkelheit leben zu müssen. Ein Lächeln ziert ihre Lippen bevor sie ihre Augen wieder öffnet und erkennt, auch in ihrer Realität von diesen Farben umgeben zu sein. Ein Meer aus gelb, orange, rot und vielen anderen schimmernden Farben umgibt sie in all seiner ganzen Pracht und lässt Luna dieses Wunder bestaunen.

Ein lautes, begeistertes Quietschen dringt aus ihrem Mund als sie zum ersten Mal sehen kann, wo sie hier gelandet ist. Vor Freude springt sie auf und bestaunt diese schimmernden Übergänge aus Farben, die diese feuchte Innenseite zum Strahlen erwecken und ihr einen majestätischen Anblick bieten. Luna berührt sanft diese riesige Seifenblase, die sie vor dieser finsteren Galaxie schützt und von dieser bedrohlich wirkenden Außenwelt behütend abschirmt. Schwerelos schwebt sie in ihr durch Raum und Zeit. Außer ihrer Seifenblase kann Luna hier in dieser finsteren Galaxie nichts erkennen. Sie scheint hier allein gelandet zu sein. Sie versucht irgendetwas da draußen erspähen zu können, aber sie wird von den eigenen Farben, die sie umgeben, geblendet. „Gibt es hier nur mich?", entsteht ein Gedanke in ihrem Kopf. Eine erneute Welle der Traurigkeit und Hoffnungslosigkeit nimmt von Luna Besitz und mit einem Schlag ist es wieder finster in ihrer neuen lieblich gewonnenen Heimat und damit sind auch all die schimmernd leuchtenden Farben wieder verschwunden. Die erneute Dunkelheit fühlt sich für Luna dieses Mal anders an. Ein Funke Hoffnung macht sich bemerkbar. Luna fängt langsam an, einen Zusammenhang zwischen ihr und dieser Welt, in der sie gelandet ist, zu erkennen. Doch die Antwort auf all ihre Fragen ist noch nicht spürbar in ihr. Aber das macht nichts. In dieser Ordnung herrschen keine Hektik und keine Eile. Alles ist gut wie es ist und auch Luna merkt langsam, dass es das Beste zu sein scheint Ruhe zu bewahren. Eine ungeheure Müdigkeit wird spürbar und so gibt sie sich ihr hin, und schläft ein.

Erneut rammt etwas ihre Seifenblase und lässt Luna aufschrecken. „Was war das?", fragt sie in diese Stille hinein. Ihr Körper beginnt vor Angst zu zittern. Zaghaft und fast lautlos steht sie auf und versucht in dieser Dunkelheit etwas zu erkennen. Neugierig und mutig wagt sie ihr Gesicht an die Hülle ihrer Blase heran, ihre Hände berühren dabei vorsichtig diese feuchte Innenseite. Ein schwacher Umriss von etwas ist erkennbar, der an ihr vorbei schwebt. Diesmal wird sie nicht von den eigenen Farben geblendet. In ihrer Seifenblase ist es stockfinster, Ihre Angst vor dem Unbekannten lässt sie zurückweichen. Sie fühlt sich unbehaglich und allein gelassen mit ihrer Angst vor dieser neuen, befremdlichen Welt.

Luna kauert sich am Boden zusammen, ihre Beine dabei wieder ganz fest an ihren Körper gezogen, sich selbst vor dem Unbekannten beschützend. Ihr Zittern lässt dabei ein wenig nach. Sie versucht mit aller Macht einen Weg zu finden um es wieder hell werden zu lassen. Sie weiß nicht, wie das hier alles funktioniert und kämpft gegen ihre aufkommende Traurigkeit an. Ihre Gedanken beginnen sich im Kreis zu drehen und unzählige neue Gedanken kommen hinzu. Einer dieser neuen Gedanken beschäftigt sie besonders, jener, dass sie nicht einmal weiß, wie sie eigentlich aussieht. Mit ihren Händen beginnt sie ihr Gesicht zu erkunden. Eine zierliche Nase ertastet sie, gefolgt von dezent hervorstehenden Wangenknochen, und als ihre Fingerspitzen weiter auf Entdeckungsreise wandern, erspürt sie ihre schmalen Lippen. „Ich wünschte, ich könnte mich sehen", sagt sie leise auf ihre Fingerspitzen hauchend. „Ich will wissen, wie ich aussehe", fügt sie nach einer kurzen Pause ihrem Wunsch hinzu.

Kaum hatte Luna ihren Wunsch ausgesprochen, kehren die Farben zurück zu ihr. Doch weshalb jetzt und nicht die unzähligen Male davor, wo es ihr immer misslang? So genau versteht sie all das immer noch nicht. „Wozu diese Helligkeit, wenn ich mich doch nicht sehen kann", grübelt sie vor sich hin. „Ich verstehe es nicht". Eine dunkle Haarsträhne fällt ihr ins Gesicht. Neugierig umfasst sie diese, lässt das feine Haar durch ihre Finger gleiten, fängt an sich damit zu spielen. Sie wickelt die Strähne um ihre Finger und lässt sie wieder los. „Wenn ich mich doch bloß sehen könnte.", sagt sie traurig. Ihr Bauch grummelt dazu, als würde er versuchen ihr die Antwort sagen, sie zum Aufwachen zu bewegen. Luna hat immer noch nicht verstanden, dass hier, in dieser perfekten Ordnung, alles zu ihrem Wohl geschieht. Aber das macht nichts. Diese Ordnung kennt keine Zeit. Irgendwann wird Luna schon selbst erkennen, weshalb bestimmte Dinge passieren und andere nicht oder nicht so wie sie glaubt, dass Dinge zu passieren hätten. Sie tritt wieder näher an diese Hülle, um etwas im Außenbereich erkennen zu können, aber die Farben spiegeln zu sehr an der feuchten Innenseite. Angestrengt kneift sie ihre Augen zusammen, um ihren Blick zu schärfen. Lunas Blick ist so sehr damit beschäftigt außerhalb ihrer Blase etwas zu entdecken, dass sie gar nicht mitbekommt, dass die ganze Zeit ihr Spiegelbild vor ihr zu sehen wäre. Rumps. Erneut rammt etwas ihre Hülle und lässt Luna unsanft zu Boden fallen.

Etwas Großes, dunkles, bedrohlich wirkendes schwebt an ihrer Seifenblase vorüber. Luna stockt der Atem. Sie traut sich nicht aufzustehen. Regungslos beobachtet sie das große, unbekannte Etwas im Vorüberziehen, bis es verschwunden scheint. Eine gefühlte Ewigkeit verharrt sie ängstlich am Boden ihrer Blase, dankbar darüber, dass sie ihr weiterhin Schutz bietet und unbeschadet bleibt. Als sie aufsteht, betrachtet sie ihre Hülle genauer, und begibt sich auf die Suche nach Rissen oder sonstigen Beschädigungen durch diesen gewaltigen Zusammenstoß. Zum Glück ist nichts davon zu erkennen. Erleichtert seufzend erhebt sich Luna langsam aus ihrer erstarrten Position. Ganz nahe tritt sie an ihre Hülle heran, um dieses große dunkle Etwas noch erspähen zu können, erkennen zu können, was sie gerammt hat, aber alles wirkt ruhig, wie es immer war, als wäre das eben gar nicht passiert. Als sie gerade dabei ist sich abzuwenden, um wieder ins Erinnere zurückzukehren, sieht sie das erste Mal ihr Spiegelbild. In diesem atemberaubenden Moment verschwinden all ihre Sorgen. Sie berührt ihr Gesicht, während sie sich in ihrem Spiegelbild bewundert, ihre Augen, das erste Mal sehen kann, ihren zierlichen, wunderschönen Körper, den sie geschenkt bekommen hat, bestaunen kann. In Lunas Bauch wird es sofort wohlig warm. Ein zufriedenes Lächeln auf ihren Lippen lässt ihr Gesicht noch eine Spur wärmer, weicher, lieblicher wirken. Rumps. Erneut fällt sie beim Zusammenprall mit Etwas zu Boden.

Mit ihrem Armen stützt sie sich hoch und dreht den Kopf in die Richtung dieses gigantischen Etwas. Sie kann Andeutungen einer runden Form erkennen, doch im Inneren herrscht bedrohliche Finsternis. Luna ist mulmig zumute. Zu sehr fürchtet sie sich vor dieser neuen Welt. Was nur einen Bruchteil einer Sekunde ausmacht in der Reise dieses gigantischen Monstrums, fühlt sich für Luna wie eine Ewigkeit an. Mit einem Schlag ist es wieder verschwunden, weitergezogen auf dessen Reise in diese dunkle Galaxie hinein. Luna fürchtet sich, ihre Arme zittern ein wenig. „Ich wünschte, ich könnte all das da draußen erkennen.", sagt sie betrübt. Ihr Bauch grummelt wieder. Luna blickt zu ihm fragend hinab. Was versucht er ihr zu sagen? Sie grübelt vor sich hin, doch nichts wirklich Brauchbares fällt ihr dazu ein. Eine lose Haarsträhne fällt ihr ins Gesicht und reißt Luna aus ihren Gedanken. Staunend betrachtet sie ihre Strähne. Ihre dunklen Haare scheinen in diesem Licht zu schimmern. Sie blickt hoch, um ihr Gesicht im Spiegelbild der Seifenblase weiter erkunden zu können. Hellblaue Augen blicken ihr entgegen. Ihr Anblick ist atemberaubend schön, diese dunklen Haare mit diesen wie Sterne leuchtenden Augen lassen sie einzigartig wirken. Hinter ihrem Spiegelblick erspäht sie in etwas Entfernung erneut etwas vorbeischweben. „Ich will wissen was da draußen ist.", entfährt es ihr, ohne jetzt eine Spur von Angst zu zeigen.

Luna bringt ihr Gesicht nah an die Hülle der Seifenblase. Sie begibt sich auf die Suche nach irgendwelchen Hinweisen, was in dieser bedrohlich wirkenden Außenwelt vor sich geht. Etwas verändert sich in dem Moment. Dieses tiefe Schwarz hat sich in ein Meer aus Nebelschwaden verwandelt, die an ihr vorüberziehen. Es ist immer noch zu dunkel, um etwas erkunden zu können, doch dahinter lichtet sich ein wenig der Umriss dieses runden Etwas. Ganz konzentriert blickt sie es an, fokussiert seine Erscheinung. Ihre Angst weicht der aufkommenden Neugierde. Gespannt fixiert ihr Blick dieses immer näher schwebende Etwas. Ein Gedanke dazu beginnt in ihrem Kopf geboren zu werden. „Kann es sein, dass das auch eine Seifenblase ist?", sagt sie aufgeregt. Lunas Neugierde wächst ins Unermessliche. Ganz aufgeregt steigt sie von einem Fuß auf den anderen, wie ein kleines Kind. „Wenn es nur heller da draußen wäre.", sagt sie, während Sorge in ihr entsteht, diese Möglichkeit zu verpassen. Doch Luna hat Glück. Dieses große Etwas steuert weiterhin direkt auf sie zu. Die beiden Hüllen treffen aufeinander. Der Moment der Berührung erzeugt ein Farbspektakel. Die Außenseite der anderen Seifenblase beginnt zu leuchten und erstrahlt in einem Lichtermeer, bevor sie sich wieder abstößt, um in der Dunkelheit zu verblassen.

Noch eine gefühlte Ewigkeit steht sie regungslos da, ihre Hände auf der feuchten Innenseite abgestützt. Fasziniert blickt sie der Seifenblase in diesem Meer aus dunkeln Nebeln nach, obwohl sie nichts mehr erkennen kann. Allein ihre Vorstellungskraft verhilft ihr sich ein Bild davon zu schenken. „Es gibt hier noch andere Seifenblasen.", entwickelt sich ihre Erkenntnis aus diesem berührenden Moment, der Lunas Leben verändern sollte. Doch so weit reicht ihr Blick noch nicht um all diese Faszinationen rund um sie zum Leben zu erwecken. Luna braucht Zeit, um diese Erlebnisse in ihr verarbeiten und ordnen zu können. Vertrauen ist der Schlüssel, dass am Ende alles gut gehen wird für sie, auch wenn sie das Ende noch nicht sehen kann, schließlich ist sie selbst der Schöpfer ihres Endes. Gedanken bilden sich in ihr und werden erschaffen. In Lunas Kopf beginnt sich etwas zu entwickeln. Sie blickt ins Nichts, während vor ihrem inneren Auge unzählige Seifenblasen durch diese Galaxie schweben. Jede leuchtet auf ihre eigene Art faszinierend schön, jede ein Unikat für sich. Wärme breitet sich bei dieser Vorstellung in Luna aus. Unwillkürlich ziert ein Lächeln dabei ihre Lippen. Lunas Blick ist erstarrt, zu schön fühlt sich dieser Moment an. So schön, dass sie gar nicht bemerkt, was rund um sie geschieht.

... Fortsetzung folgt.

Danke für die Unterstützung an:
Verena Saloukeh Photography (Foto)
Stefan Roboch (Text)

Biografie

Kerstin Waldschütz ist 1982 in Krems/Donau geboren und aufgewachsen.

Ihr Start ins Berufsleben begann 2001 im Bankensektor, bis sie sich zusätzlich 2021 den Weg in die Lebens- und Sozialberatung eröffnete.

Mehr Informationen unter:
www.gefuehlszeit.at

H<small>ERTA</small> L<small>UISE</small> W<small>ETZIG</small>-W<small>ÜRTH</small>
Gedichte

kommunikation

es heißt nicht ohne grund
die katze und
der hund

der mann bellt kurz und rau
es antwortet die frau
miau

danach tut jeder was er will
er zackig
und sie
still

karfreitag

mein mann hängt fest im internet –
wie nett –
ich lebe parallel dazu –
wozu –
denn parallelen treffen immer –
im endlichen –
sich –
nimmer

älterwerden

lang ist's her – schulbeschwer –
weiße kreide – keine freude

pubertät – auch verweht –
große liebe – wenn sie bliebe

kluger kopf – armer tropf –
alimente – riesterrente

sonne sticht – hafer nicht –
blatt sich wendet – alles endet

irre

in mir braust ein ozean
ich halte seiner gewalt mühsam stand –
und dann ist da noch die weite
der russischen steppe
durch die ich gehe in der glühenden mittagshitze
und hinter dem horizont beginnt die ewigkeit –

und dann liege ich auf dem ofen
in der einen hand die zwiebel
in der anderen das stück trocken brot
unter mir die langgezogenen wehen lieder
und die stinkende petroleumfunzel –

und wenn ich aufwache streichele ich rote
kinderwangen
wasche schmutzige finger und schmiere brote
und sorge mich um den stuhlgang meiner lieben

und einer klagt dass er heiße luft verkauft
und dass ihn hier was zwickt und da

und dann denke ich, ich nehme eine flasche wodka
und gehe unter die brücken zu all den andern
die gleich mir versucht haben
sich einen vers darauf zu machen

statement einer Gestandenen

mein mann behauptet, ich sei naiv,
ich finde, da liegt er ganz schön schief.
mein denken ist biegsam und fest zugleich,
er hingen meint,
es sei viel zu weich.

von seinem ,hochsitz'
schaut er herab auf mich,
in meinem herzen spür ich
den berühmten stich

doch dann rappel' ich mich auf
bin letztlich gut drauf –

hab' ich nicht seinerzeit studiert
und obendrein auch promoviert
und in den jahren dann und wann
bewiesen dass ich lernen und lehren kann

mein wesen ist eben aus biegsamem holz
so bin ich – so bleib ich –
und darauf bin ich stolz

dringender Appell

hallo, ihr machtbesessnen dieser welt –
wir haben euern krieg nicht bestellt –

was soll das geschwätz von oligarchen,
die auf yachten und in schlössern schnarchen –

wir wollen nichts hören von wunder-waffen,
die den menschen doch nur den tod verschaffen –

mit tränen und trümmern in solchen kriegen
macht's da noch sinn, das gerede vom siegen?

„stell dir vor, es ist krieg und keiner geht hin",
wär das nicht für alle ein riesengewinn?

autosuggestion

jetzt stell' ich diesen riesensack
mit leid und schmerzen ab
ich nehme mich auf meinen schoß
und lass' die sorgen los

tschüss sorgen
ich weiß mich geborgen

wieso sollt ich immerzu leiden
und jede freude meiden
ab jetzt geht's – heiter
– weiter

Wetzig-Würth – Dr. med. Herta Luise, Ärztin für Innere Medizin-Psychotherapie-Psychoanalyse. Geboren in Masuren. Lebt und arbeitet in Braunschweig. Nach Schnupperstudien in Theologie und Germanistik Medizinstudium in Bonn. Weiterbildung in Psychotherapie und Psychoanalyse. Praxistätigkeit mit Patienten. Lehrtätigkeit für Ärzte und Psychologen. Veröffentlichungen im Almanach deutschsprachiger Schriftstellerärzte. Mitautorin von „Psychotherapeutische Gespräche führen" (Verlag Huber). „Das psychotherapeutische Gespräch" (Verlag Springer).

Hans-Jürgen Wünschel

Fußball – ein Streifzug durch seine Geschichte

Fußball – die schönste Nebensache der Welt. Ja, so könnte man meinen. Brot und Spiele – wie im alten Rom, nur mit dem Unterschied, dass Spiele ja, aber Brot heute eben durch Bier ersetzt wird, und beides zusammen so wunderschön von der Wirklichkeit, den dringenden Problemen von Wirtschaft und Gesellschaft ablenkt. Doch hatte diese Funktion ein Spiel nicht schon immer?

So ist es nicht verwunderlich, dass Spiel und Sport auch immer im Rampenlicht der Kritik stehen. In Shakespeare' King Lear gerät der Begriff Fußball zum Schimpfwort: „You base football player".

Schauen wir in die Geschichte des Fußballs so stellen wir fest, dass bestimmte Elemente der „popular culture" des 19. Jahrhunderts in die Kultur der sich in den Städten entwickelten Bevölkerung übernommen wurden. Ohne Regeln kann aber auch eine Kultur der Massen nicht stattfinden – und diese Regeln mussten möglichst einfach und leicht durchschaubar sein. Diesem Ziel entsprach der geglückte Versuch am 23. Oktober 1863 als Vertreter von vornehmen Public Schools und der Universität Oxford und Cambridge sich im Freemason's Tavern in London versammelten, um zu vereinbaren was die Geburtsstunde des modernen Fußball wurde. Bei diesem Treffen wurde versucht, Ordnung in das Wirrwarr der Regeln zu bringen. Für die Zukunft sollten Treten gegen die Schienbeine, Beinstellen, Balltragen mit der Hand verboten werden. Doch die eisernen Verfechter der Rugby-Version, lehnten diese vornehme

Art des Spielens ab. Von nun an gab es die alte – Rugby – und die neue Version des Fußballspielens.

Neue Regeln wurden geschaffen für die untereinander auszutragenden Spiele, die auf Dauer angelegt waren und nicht wie bisher jedes Mal vor einem Spiel neu festgelegt werden mussten. Es wurden verbindliche Regeln geschaffen, eine Aufsichtsbehörde – Football Association (FA) gegründet, die über Zweifelsfälle entscheiden sollte. Dies war die Geburtsstunde des modernen Fußballspiels. Wer in Zukunft nach diesen Regeln spielte, spielte „Soccer" (benannt nach der Football Association) eine Bezeichnung, die der Fußball auf dem amerikanischen Kontinent noch heute trägt.

Einige Festlegungen, die sich im laufe der Jahre durchsetzten:

Im Unterschied zum beliebten Rugby sollte es keinen eiförmigen Ball geben, sondern einen kugelrunden; das Handspiel und das Treten wurden verboten. Damit wurde der Spieler weniger verletzungsanfällig, er konnte auch nach einem Spiel wie gewohnt seiner Arbeit nachgehen.

Entscheidend wird für die Entwicklung des Fußballs auf der Welt, dass immer mehr Vereine außerhalb Englands diese Regeln übernahmen, so dass es bald möglich war, auch die Grenzen Englands zu überwinden und man international nach den Regeln der FA spielte. Spiele und Spieler erhielten ein Ranking, Tabellen und Wertungen gewannen immer mehr an Bedeutung, man maß sich mit anderen, und stellte damit auch regionale und nationale Rangfolgen auf. Spiele erhielten plötzlich eine Geschichte, es gab legendäre Matches, manche Spieler wurden zu Idolen nicht nur des Vereins, sondern auch der Nation. Damit wurde Fußball zu einem Element der Kultur der Moderne, die nach Baudelaire sich dadurch auszeichnet, dass sie das „Vorübergehende" mit dem „Ewigen" verbindet.

Regelmäßige Spiele waren Themen für die Presse und dann natürlich auch für die Wirtschaft. Der von den Gewerkschaften erstrittene freie Samstagnachmittag ermöglichte, regelmäßig bei Tageslicht zu spielen bzw. die Spiele anzusehen. Im protestantisch geprägten England war der Sonntag heilig, weshalb man sich an Werktagen verlustieren musste – und dies bei einem 10-12stündigen Arbeitstag von Montag bis Samstag. Deshalb kam dem Sieg der Gewerkschaften bei der Verbreitung und Ausübung des Sports eine große Bedeutung zu.

Hatte in den deutschen Ländern „Turnvater" Jahn als Reaktion auf die französische Fremdherrschaft zur körperlichen Ertüchtigung der deutschen Jugend 1811 die deutsche Turnbewegung ins Leben gerufen, gab es bei der Gründung des Deutschen Fußballbundes wiederum einen Anstoß aus dem Ausland. Politisch motiviert wurde Fußball als „Englische Krankheit" eingestuft. Im Wettlauf um die Kolonien sollten die Deutschen eben nicht das englische Vorbild übernehmen, so die Politik.

Dennoch entstanden nach englischen Vorbild Fußball- und Kriketvereine. Die Menschen ließen sich ihre Freizeitgestaltung nicht von „oben" vorschreiben. 1874 gründete Prof. Konrad Koch in Braunschweig den ersten deutschen Schüler-Fußballverein. Schließlich wurde im selben Jahr der Deutsche Fußballbund gegründet. Bei der ersten vom DFB organisierten Deutschen Fußballmeisterschaft 1903 ging in Hamburg vor 2000 Zuschauern der VfB Leipzig mit 7:2 siegreich aus dem Endspiel gegen den DFC Prag hervor, wobei man sich heute fragt, warum Prag zu Deutschland gehörte. Man dachte eben damals – trotz der von 1866 Preußen erstrebten

Teilung Deutschlands immer noch großdeutsch, also ein Deutschland zusammen mit der Habsburgmonarchie – und damals gehörte Prag eben dazu.

Der Weltdachverband, die Fédération Internationale de Football Association (FIFA), mit Sitz in Zürich, entstand bereits 1904. Sein Präsident (1921 bis 1954) Jules Rimet, entwickelte die Idee der Weltmeisterschaft. Nach ihm ist deshalb der Pokal für den Weltmeister genannt.

Die Erfindung der Dampfschifffahrt beschleunigte den Transport der Auswanderer nicht nur aus englischen Gefilden, sei es über den Kanal nach dem europäischen Kontinent, sondern auch im Gefolge der überseeischen Ausdehnung des britischen Weltreiches auch in die Kolonien in Afrika, Australien und Asien. Bei den dort stationierten britischen Soldaten wurde Fußball zur beliebtesten Ablenkungsbeschäftigung. Selbst im preußischen Heer wurde gern Fußball gespielt, was einen General während des Ersten Weltkrieges zu dem Seufzer verleitet hatte, dass das Fußballspiel das militärische Leben bei einzelnen Truppen bald mehr beherrschte als der nüchterne Dienst mit der Waffe. Doch Preußen ließ in der Freizeit das Fußballspielen zu, im Gegensatz zu den englischen Königen Eduard IIL., Richard IL., Heinrich IV. und Heinrich V., die während des Hundertjährigen Krieges zwischen England und Frankreich (1338 bis 1453) dieses beliebte uralte ungeregelte Ballspielen unter Strafe stellten, da es von militärischen Übungen abhielt.

Der aufkommende Nationalismus in Europa bedingte, dass die nationalen Fachverbände, die sich mit Ausnahme des Deutschen Fußballbundes wie in England als „Football Association" organisiert hatten, sich nationalsprachiger Begriffe bedienten. So wählten die Italiener den Begriff „Calcio", der ein in Florenz beliebtes Fußball-spiel der Zeit der Renaissance bezeichnete.

Dieses Spiel war dem Adel vorbehalten. Ähnlich wie der englische Fußball zunächst nur den Reichen und Vornehmen zur Verfügung stand – die Mannschaften der Eliteuniversitäten Oxford und Cambridge galten als Vorbild – waren ähnliche Ballspiele in anderen Kulturen, die mit den Füßen ausgeführt wurden, für die Oberschicht der Bevölkerung vorbehalten.

Es ist überliefert, dass der chinesische General Li Yu, (206 v. Chr.) das erste Fußballregelbuch für seine Offiziere geschrieben hat. Das chinesische Fußballspiel hieß ts'uh-küh, Ts'uh meint „mit dem Fuß stoßen" und küh bedeutet „Ball".

Eine japanische Legende aus dem Jahre 800 v. Ch. sagt, dass aus China eines Tages drei Männer mit menschlichem Antlitz, jedoch affenähnlichen Gliedern nach Japan gekommen seien, die einen Spielplatz suchten. Diese drei Fremden, denen in einem Tempel ein Platz zur Verfügung gestellt wurde, werden noch heute als Schutzgötter des Fußballspiels verehrt.

Die seit etwa 587 n. Chr. japanische Art Fußball zu spielen – Kemari genannt – bedeutet mehr eine feierliche Zeremonie als Wettkampf, bei der auch der Kaiser mitspielen durfte. Acht Spieler trugen mit kostbaren Verzierungen geschmückte Kostüme und Hüte. Sie mussten sich den Ball 20 Minuten lang, ein Priester mit einer Sanduhr maß die Zeit, mit dem Fuß zuspielen, ohne dass dieser den Boden berührte. Auch durfte der Ball nicht mit der Brust in Berührung kommen. Das Spiel endete, wenn der Ball den Körper eines Mitspielers berührte oder zu Boden fiel.

Selbst in den Kulturen Süd- und Mittelamerikas kannte man ein Fußballspiel. Hernán Cortés, ein spanischer Eroberer, brachte zwei Azteken mit, die im 16. Jahrhundert am Hofe des deutsch-römischen Kaisers zur Belustigung des Adels ihre Art von Fußball spielen mussten. Das indianische Wort für Ball heißt uike, was „Frucht des Kautschukbaums" bedeutet. Solche Kautschukbälle verwendeten die Azteken, Mixteken, Tolteken, Zapoteken und die Mayas. Spieler waren besonders ausgewählte Männer, die zudem einen geistlichen Rang bekleideten mussten. Zwei Mannschaften versuchen, den Ball durch zwei Ringe durchzuschießen. Wem als erstem dies gelang war Sieger. Die Spiele unterlagen einem festen religiösen Ritual, bei dem den Kriegsgöttern gehuldigt wurde. Auf Befehl eines Priesters, wurden zu Beginn eines jeden Spieles vier Menschen geopfert.

Fußball war und ist aus den Kulturen nicht wegzudenken. Das Online-Portal des Staates Ghana meinte aber am 19. Juni 2010, dass selbst Adam schon im Paradies Fußball gespielt hätte. Mit wem denn? Mit Eva? So kann die Begeisterung für ein interessantes Vergnügen über die Stränge schlagen.

Basketball: Eine Sportart
aus dem Geiste der Religion

Bei Basketballspielen denkt man an Spiellaune, Kampf-
stärke und Wendigkeit der Spieler, an die abgelaufene
Spielsaison, an Siege und Niederlagen. Doch wer denkt
schon an die religiöse Wurzel, die vor über 150 Jahren
zur Entstehung des Basketballspiels führte? Sport und
Spiel haben oft religiösen Charakter. Auch der Beginn
der Olympischen Spiele im Alten Griechenland war mit
einer religiösen Zeremonie verbunden. Heute wird die
Eröffnungsfeier oft zum fröhlichen Ereignis, das bei Ent-
zündung des olympischen Feuers einen Hauch von Fei-
erlichkeit, von religiöser Erhebung vermittelt.

Wie weit ist das körperliche Kräftemessen, der Wettbewerb zwischen Menschen überhaupt religiös erklärbar?
Heute ist es selbstverständlich, dass religiöse Menschen
auch Sport treiben, dass Sport zu einem integrativen Be-
standteil des täglichen und auch des kirchlichen Lebens
geworden ist. Wir erinnern uns an den „fliegenden Pas-
tor" Bob Richards, der in Helsinki 1952 und Melbourne
1956 im Stabhochsprung siegreich war oder an den Zehn-
kampf- Olympiasieger Rafer Johnson, der sich ganz bewusst als religiöser Mensch verstand. Dass es einen Eis-
hockeytrainer der USA gab, der in religiösem Gewand an
der Bande seine Jungs anfeuerte, sei nur der Vollstän-
digkeit halber erwähnt.

Doch dann gab und gibt es auch die Bemerkung:
„Christentum bedeutet Leibfeindlichkeit". Wir ken-
nen aber auch Turnvater Friedrich Ludwig Jahn, der
die Turnerei als Grundbedingung für ein deutsches

Nationalbewusstsein machte und ein ausgesprochen religiöser Protestant war.

Heute ist die Bedeutung der Leibeserziehung für die Gesamtentwicklung der Menschen und der menschlichen Gemeinschaft unbestritten. Gemeinsamkeiten zwischen Sport und Religion wurden entdeckt und werden auch in unseren Tagen gewürdigt. Gerade das Thema Doping berührt ethische und sportliche Belange, spricht die Menschenwürde und die Fairness an. Wenn wir uns diesem Thema zuwenden so können wir auch ein Bibelzitat anführen, das gerade im Fall des Doping richtungsweisend ist: „1.Kor.6,15.19 „Wisst ihr nicht, dass eure Leiber die Glieder Christi sind? Wisst ihr nicht, dass eurer Leib der Tempel des Heiligen Geistes ist?" Damit wird die Einheit von Geist und Leib deutlich, die besondere Verantwortung des Menschen für seinen Leib gefordert. Überhöht aufgefasst heißt Sporttreiben dann nicht nur Lockmittel für Sensationen und Rekorde, sondern Vollendung des Willen Gottes, ganzheitlich zu leben.

Von solchen Vorstellungen geprägt wurde vor fast 170 Jahren anlässlich der ersten Weltausstellung in Paris 1855 für die Entwicklung des Sportes, für die Hinwendung der Kirchen zum Sport eine richtungsweisende Entscheidung getroffen. Hier begegneten sich zahlreiche junge Männer verschiedener Nationen, um die 1844 in des USA gegründete Organisation Christlicher Verein Junger Männer – Young Men's Christian Association (CVJM/YMCA) auf einer internationalen Bühne vozustellen. Die besten Mittel, um junge Männer „abzuhalten gleichgültig, gedankenlos, gottlos zu werden, sei, sie „einzubinden in Vereine, sie in Turnhallen und Schwimmbädern" zu beschäftigen. Gegenüber den „gottlosen Vergnügungsstätten der Stadt" – Bars und Kneipen – sollten von christlichem Geist erfüllte Einrichtungen geschaffen, quasi „christliche Turnhallen und Sportstätten" gebaut werden. Erich Geldbach schreibt treffend: „Die christliche Turnhalle ist zugleich als Lockmittel und als Schutzwall gegen den sittlichen Verfall der Jugendlichen gedacht" (Sport und Protestantismus, 1975). Das bewusste Kräftemessen untereinander sollte in Mannschaftssportarten durchgeführt werden. Fußball war im 19. Jahrhundert höchstens in den Anfängen, Handball ebenfalls kaum bekannt, so dass man auf die Idee kam, eine besondere Mannschaftssportart zu entwickeln, in denen die religiösen Kriterien vorbildlich erfüllt werden konnten:

- Die Bereitschaft, das Wohl der Mannschaft über den persönlichen Ehrgeiz zu stellen.
- Unterordnung eigener Gefühle unter ein Ziel.
- Regeln anzuerkennen und eine Niederlage mit Anstand anzuerkennen und höflich gewinnen.
- Aufmerksamkeit, Gewandtheit, Geschicklichkeit und Schnelligkeit soll das Spiel vermitteln, Körperkontakt muss vermieden werden.

Der Arzt Dr. Luther Halsey Gulick, Lehrer am Springfield College, Illinois, und sein Schüler James Naismith, überlegten, wie sie diese Prinzipien in einem Mannschaftsspiel unterbringen könnten. Sie waren entschlossen, eine Sportart zu erfinden, die den besonderen im YMCA „bestehenden sittlichen Erfordernissen Rechnung" trug, wie Gulik forderte. Ein Mannschaftsspiel sei ein „Laboratorium zur Entwicklung menschlicher Eigenschaften", das einen kompetenten Trainer braucht, der sich als Christ versteht und die genannten Eigenschaften vermitteln könne.

Der Hausmeister des Colleges stellte zwei Pfirsichkörbe – baskets – zur Verfügung, in die man im Wettbewerb untereinander den Ball werfen musste, ohne den anderen Spieler zu berühren. Doch da die Körbe nach unten geschlossen waren, musste man bei jedem Treffer eine Leiter holen, um den Ball aus den in etwa 2,50 m Höhe befestigten Körbe zu holen. Was war einfacher als dies: man schnitt die Körbe unten auf, so dass der Ball jedes Mal herausfallen konnte. Das Basketballspiel war geboren.

Quasi als Nebenprodukt dieser neuen Sportart wurde noch das Volleyballspiel erfunden. Denn, da Basketballspielen sehr Kräfte zehrend ist, fordert es eine ausgezeichnete körperliche Verfassung der Spieler, was nur in jungen Jahren möglich ist. Die älteren Jahrgänge sollten sich deshalb mit einem Spiel zurechtfinden, in denen auch einige Regeln des Basketballs gelten sollten, das aber die direkte Konfrontation Spieler gegen Spieler vermied. Das neue Spiel hieß Mintonette und erhielt 1895 den Namen Volleyball.

Für Gulick formten diese neuen Sportarten den ganzen Körper, so dass er von „all-round athletics" sprach. Gleichzeitig verkündete er, dass unfaires Verhalten sich nicht mit der christlichen Ethik vereinbaren ließe. Sport sei deshalb nicht Endzweck, sondern ein Mittel, um die jungen Männer mit dem „lebendigen Christus" zu konfrontieren. In diesem Sinne sollte der Sportbetrieb eine religiös-soziale Funktion erhalten.

John R. Mott, Friedensnobelpreisträger von 1946 und einer der führenden Köpfe der Bewegung YMCA, hat während des Zweiten Weltkrieges das Ziel so umschrieben: „Wenn das Reich Gottes auf dieser Welt errichtet werden soll, dann müsse es auch das Körperliche der Männer und Knaben der Völker umfassen". Christus habe den Leib nicht nur geheiligt, was den christlichen Glauben entscheidend von allen anderen Religionen abhebe, sondern er wohne in uns.

Auch zu Beginn der Turnbewegung in Deutschland haben religiöse Beweggründe prägend gewirkt. Wie Turnvater Jahn schon zu Beginn des 19. Jahrhunderts gefordert hatte, führt die körperliche und geistige Fitness zum nationalen kämpferischen Einsatz und damit zum Dienst an Gottes Schöpfung, Eben: Frisch, fromm, fröhlich, frei! Doch bald unterschied man zwischen deutschen und undeutschen Sportarten. Mit dem „englischen" Fußballspiel gab es kaum Probleme, aber mit dem „amerikanischen" Basketballspiel. Dieses solle man ablehnen und dafür die nationaldeutschen „viel edleren Spiele wie Faustball, Schlagball, Schleuderball" üben.

Auf dem Reichsturntag in Nürnberg 1927 wurde verkündet: „Auf amerikanischem Boden erklimmen Wolkenkratzer den Himmel und hetzt das Auto durch die Landschaft... Jetzt wird dort der Wettkampf zur Schaustellung, wo Zehntausende das begaffen, was einige Dutzende vorführen. Da zieh dir nur die Zipfelmütze über die Ohren, du deutscher Michel, und merke nichts davon, wie fremdes Wesen dir dein deutsches Turnen schändet. Entfesselt deutsches Turnen. Führt es Jesus Christus, dem Befreier zu!" Man solle Basketball ablehnen und die nationaldeutschen „viel edleren Spiele wie Faustball, Schlagball, Schleuderball" üben.

Damit begann man in Deutschland, die Idee der Verbindung Christentum und Sport „vaterländisch" zu „vervollkommnen". Dem Basketballspiel in den USA wurde nur noch kapitalistische Profitgier unterstellt: Die Spieler wurden bezahlt, schwitzten für Geld und nicht zum Lobe Gottes und seiner menschlichen Schöpfung.

Die 1925 gegründete deutsche „Eichenkreuzbewegung" im CVJM (Christlichen Verein Junger Männer) verkündete denn auch unter Anlehnung an Kor. 6.: „Ist unser Herz auch ungeteilt auf Gott gerichtet? Nur dann könnte unser Spiel ein Mittel werden, unsere jungen Leute zum Heiland zu führen". Nicht die USA, sondern Deutschland ist nun der wahre Träger der religiösen Sportidee des YMCA/CVJM. Der beginnende Anti-Amerikanismus der Weimarer Republik sorgte zusätzlich dafür, dass das Basketballspiel als undeutsche Mannschaftssportart denunziert wurde.

Doch bald ist es auch mit der religiösen Verpflichtung des nationalen Sports in Deutschland zu Ende. Sie wird nur noch im Sinne der Unterstützung nationalistischen Überschwangs gedacht: 1934 wird das Jungmännerwerk (CVJM) dem protestantischen Reichsbischof Müller, der Hitler als in der Nachfolge Christi stehend verkündete, zugeführt: „Die Eichenkreuzführerschaft stellt sich dem Volkskanzler Adolf Hitler zur Verfügung. Sie gelobt ihm den Einsatz aller Kräfte zur Ertüchtigung der deutschen Jugend nach Leib, Seele und Geist. Erfassung jungen Lebens in der Gesamtheit bis in die Tiefe der Gottesgemeinschaft hinein..." Doch dies war eine Unterwerfung unter den säkularen Führer und nicht unter die Idee der Achtung und Pflege des Körpers als Gottes Geschöpf – längst waren die Ideale der Gründer des Basketballspiels vergessen.

Nur zu verständlich ist es deshalb, dass unter dem Eindruck des fürchterlichen Blutvergießen im Zweiten Weltkrieg und geprägt von der Bereitschaft, den amerikanischen „way of life" anzunehmen, das „amerikanische" Basketballspiel in der Bundesrepublik Deutschland immer mehr bewundert wurde. Es sei nur an die ausverkauften Gastspiele der Harlem Globetrotters in den 50er- und 60- Jahre erinnert. Heute denkt wohl kein Mensch mehr daran, welche religiösen Motive einst die Hand zum Ball führten.